Einaudi Ragazzi

. . . .

storie & rime

Collana diretta da
Orietta Fatucci

••

Seconda ristampa, luglio 2016

© 2014 Edizioni EL, San Dorligo della Valle (Trieste)
ISBN 978-88-6656-136-1
www.edizioniel.com

••

STEFANO BORDIGLIONI

illustrazioni di
Fabiano Fiorin

Piccole STORIE di ROMA antica

Einaudi Ragazzi

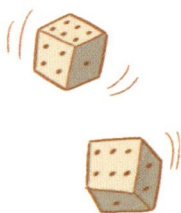

Piccole STORIE di ROMA antica

LA BAMBOLA
DI VELIA

....

Velia aveva ricevuto in dono la bambola da
suo padre quando era molto piccola.

L'aveva comprata per lei in una bottega nel
quartiere dei *giguli*, i costruttori di bambole di
Roma. Era di legno, e il volto e i capelli erano
intagliati meravigliosamente. Anche le gambe e le
braccia erano di legno, però si potevano muovere.
Era una bambola davvero straordinaria. Velia
aveva giocato con la sua *pupa* per tutta l'infanzia:
l'aveva vestita con piccole tuniche e mantelli fatti
apposta per lei, l'aveva messa a dormire nella sua
culla di terracotta e l'aveva ornata tante volte con i

suoi piccoli gioielli: orecchini di perla, un anellino di ferro e una collanina. Velia amava la sua bambola, però ora era costretta a lasciarla, e questo le dispiaceva moltissimo.

Entro pochi giorni si sarebbe sposata e la tradizione voleva che donasse la sua bambola e tutti i suoi giochi da bambina alla dea Venere, nel suo tempio.

La cerimonia del fidanzamento si era già tenuta nella sua casa: Paolo, il promesso sposo, era venuto portando doni e un anellino di ferro rivestito d'oro, che le aveva infilato all'anulare, il dito del cuore.

Il tempo stringeva e Velia decise che doveva fare qualcosa. Uscí per strada e corse veloce fino alla bottega di Quinta, che vendeva di tutto. Lí trovò una bamboletta di pezza che pagò solo un *denario*. La nascose nella tunica e tornò a casa.

Quando arrivò il giorno previsto per andare al tempio di Venere, Velia raccolse i suoi giochi da bambina in una cesta e uscí di casa accompagnata da Appio Salvio, suo padre.

L'uomo era piuttosto emozionato perché con quella cerimonia lui perdeva Velia, la sua bambina. Era però anche felice, perché sua figlia si sarebbe sposata e gli avrebbe dato dei nipoti.

Con questi pensieri nella mente, Appio Salvio camminava in silenzio accanto alla figlia. A un tratto però l'occhio gli cadde sulla bambola di pezza nella cesta.

– Che cos'è quella? – chiese perplesso alla figlia.

– È la mia *pupa*, padre... – rispose Velia titubante.

Appio Salvio scosse la testa. – Questa non è la bambola che ti ho comprato tanti anni fa, Velia. Me la ricordo bene.

La ragazza, con gli occhi bassi, confessò il trucco che aveva escogitato per non perdere la sua *pupa*. Appio Salvio la rimproverò, perché agli dei non si poteva nascondere nulla, ma non fu troppo severo

perché comprendeva il dispiacere della figlia.
Comunque tornarono indietro a prendere la vera
bambola di Velia e con quella andarono al tempio.
Appio Salvio non voleva certo rischiare che il
matrimonio di sua figlia cominciasse sotto una
cattiva stella.

La cerimonia riuscí benissimo: Velia indossava
una tunica senza orli, un mantello color zafferano
e un velo color arancio che le copriva la testa; sul
velo portava una coroncina di fiori d'arancio.

Quando Paolo e la sua famiglia arrivarono,
insieme sacrificarono agli dei una pecora
nell'*atrium* della casa. Un augure esaminò le
interiora per vedere se gli dei avevano gradito il
sacrificio e la cerimonia. L'uomo annunciò il favore
degli dei e Velia poté pronunciare la formula che
sanciva: *Ubi tu Gaius, ego Gaia*, «dove tu sarai,
lí sarò anche io!». A questo punto la cerimonia
era conclusa e, tra le felicitazioni e gli auguri di

invitati e parenti, iniziò il banchetto nuziale che
sarebbe durato fino al tramonto. In tutta quella
confusione, in tutta quella festa Velia si sentiva
felice. Il piccolo dolore per la perdita della sua
pupa da bambina era ormai del tutto dimenticato.

I SATURNALIA
DI DECIMO

Decimo era uno schiavo. Un piccolo schiavo bambino che viveva e lavorava nella ricca casa del patrizio romano Lucio Valerio Albino. Aiutava uno dei servi a tenere pulita la grande villa di Lucio Valerio e passava tutta la giornata con stracci, cera d'api e secchi pieni d'acqua in mano. Decimo era magrolino e spesso ammalato, perché aveva solo una tunica leggera e poco da mangiare. Per fortuna mancavano solo un paio di giorni ai Saturnalia di quell'anno.

Decimo per sette giorni avrebbe mangiato a crepapelle e avrebbe rubato il posto nel letto al padrone. L'aveva fatto anche l'anno prima: aveva avuto paura, credeva che lo avrebbero punito, ma alla fine dei giorni della festa non era successo niente: nessuno era stato punito e la vita era ricominciata come al solito.

Decimo aveva capito cosí che i Saturnalia erano una festa davvero strana: per sette giorni i servi diventavano padroni e i padroni facevano da servi. Poi la vita ripartiva nel solito modo.

Cosí Decimo sopportò pazientemente i rimproveri di Herio, il *major domus*, il servo piú anziano, quello che aveva la responsabilità di tutta la servitú.

Herio gli fece pulire daccapo i vasi di bronzo che decoravano l'atrio della casa, e Decimo si mise a lavorare di buona lena. L'idea che mancava poco tempo alla magica festa lo sosteneva nel suo lavoro: allora il *major domus* sarebbe stato lui e avrebbe dato lui gli ordini.

Infatti, sedici giorni prima delle Calende di
gennaio, i sacerdoti diedero inizio alle feste sacre
dei Saturnalia: ci fu una grande processione fino
al tempio di Saturno, al Campidoglio. Si celebrò
un solenne sacrificio e si sciolsero le bende di lana
che avvolgevano i piedi della statua di Saturno.

Poi venne offerto un banchetto alle statue degli
dei, e tutti si scambiarono doni e auguri alla luce
delle candele.

Tutto questo era molto bello, ma a Decimo
interessava di più quello che succedeva alla villa
di Lucio Valerio Albino. Per prima cosa il bambino
si mise addosso un mantello di lana del padrone
e sul capo una coroncina di alloro che aveva
preparato lui stesso nei giorni precedenti. Poi se
ne andò in giro per la villa proclamando a voce
alta che il padrone era lui, e che tutti gli dovevano
ubbidire.

Lucio Valerio Albino non protestò per questo:

il giorno prima si era rifugiato in campagna con la sua famiglia, lontano da Roma, per non essere obbligato a fare da servo ai propri servi per sette giorni, come voleva la tradizione.

Nella grande villa c'era rimasto solo Herio,
il *major domus*, che diventò subito il bersaglio
preferito di Decimo. Il bambino si fece portare
del cibo, gli ordinò di imbandire la tavola e di
restare in piedi lí, dietro di lui, ad aspettare
nel caso che avesse ancora bisogno. Decimo
mangiò con scrupolo tutto quello che gli capitava
davanti: pane, carne, frutta e verdura. Herio
lo serví scalpitando nervosamente, ma senza
lamentarsi.

Quando fu sazio, il bambino se ne andò in
giro per la città travestito da patrizio romano.
Dappertutto c'erano feste e gente che si divertiva.

Nel foro davanti al tempio di Saturno la gente
stava giocando al Grande Gioco di Saturno: un
sacerdote faceva girare un bussolotto di metallo e
poi ne estraeva una tessera con un numero.

Tutta la gente nel foro teneva in mano una
tavoletta con dei numeri sopra: chi aveva quello

estratto gioiva tutto contento, perché Saturno gli
avrebbe concesso buona fortuna nell'anno che
stava per cominciare.

Una ragazza gli diede una *strenna*, un rametto
di un albero che portava fortuna, e Decimo la
ringraziò. Piú avanti vide un gruppo di persone
che con grande schiamazzo portavano uno
schiavo come lui in portantina. Quello era il Re
dei Saturnalia, in quei sette giorni ogni suo ordine
era legge. Decimo si affrettò ad allontanarsi dalla
portantina, perché non voleva essere costretto
a fare chissà che. Si fermò un po' in un vicolo a
osservare tre bambini come lui che giocavano con
le noci.

Tornò alla villa di Lucio Valerio quando gli
venne un po' di appetito. Si fece servire da
Herio, ma non lo trattò troppo male. Poi si andò
a stendere, sazio e stanco, sul letto del padrone.
Avrebbe dormito lí per sette giorni, prima di

tornare al suo cubicolo freddo e alla sua vita
grama.

«Peccato che i Saturnalia durino solo sette
giorni...» pensò il bambino. Poi si addormentò.

AELIA E LE NOCI

Aelia era una bella bambina romana
di nove anni, che talvolta giocava con le sue
amichette a fare la signora, con le bambole in
braccio. Piú spesso, però, andava a cercare i suoi
amici maschi e giocava insieme a loro con le noci.

All'inizio i suoi compagni non la volevano,
le avevano riso in faccia. – Io non gioco con
le femminucce! – aveva esclamato Nevio con
l'espressione dura.

Aelia gli aveva dato un bel calcio e poi si erano
azzuffati ben bene. Ne aveva prese parecchie
ma ne aveva anche date, e alla fine Nevio aveva

dovuto riconoscere che tanto femminuccia Aelia
non era e che poteva giocare con loro. Cosí Aelia
aveva imparato tutti i giochi con le noci: quello
della buchetta, quello con la tavola, quello dei
castelli...

Era diventata brava in tutti, ma quello che
preferiva era il gioco della buchetta: uno di loro
scavava una piccola buca, larga come tre noci, poi
si allontanavano tutti dalla buca e, dalla stessa
distanza, cercavano di centrarla con una noce. Chi
riusciva nell'impresa aveva il diritto di cercare
di colpire e di portare via le noci dei compagni
rimaste allo scoperto. Aelia aveva vinto cosí
moltissime noci: ora ne aveva un sacchetto pieno.

Ne aveva anche una speciale: era una noce
tonda come una pallina di terracotta. Con quella la
bambina era quasi infallibile. Gliel'aveva regalata
proprio Nevio alla fine di una partita in cui lei gli
aveva portato via almeno dieci noci. Era stato un

grande gesto: il suo compagno aveva riconosciuto
la sua bravura e in quel modo le aveva dimostrato
la sua ammirazione. Quella nocetta tonda per
Aelia era come una medaglia.

Quando arrivò all'Alberone, il posto in cui erano
soliti giocare, vide che c'erano già Nevio, Aulo,
Tito e tutti gli altri. C'erano però anche due ragazzi
piú grandi che lei non conosceva.

– Vengono dalle *insulae* del centro: sono
bravissimi! – le sussurrò Tito impressionato.

In effetti i due «stranieri» avevano praticamente
ripulito i compagni di Aelia: i loro sacchetti erano
pieni di noci, mentre quelli di Nevio e degli altri
parevano quasi vuoti.

Aelia chiese di giocare e i due grandoni del
centro si misero a ridere.

– Noi non abbiamo bambole e non giochiamo
con le femmine! – proclamò uno dei due.

Aelia mostrò il suo sacchetto con le noci e i

due cambiarono in fretta parere. Pensavano che
ci sarebbero voluti solo pochi minuti per portare
via tutte le noci a quella bambinetta. Cosí dissero
che stava bene, Aelia poteva giocare. Anzi, poteva
addirittura scegliere il gioco che preferiva.

Aelia scelse il gioco della buchetta e dopo
neanche mezz'ora aveva recuperato piú della metà
delle noci perse dai suoi amici.

– Ora giochiamo ai castelli di noci! – ringhiò uno
dei due grandoni. Era arrabbiatissimo perché le
cose non stavano affatto andando come lui aveva
previsto.

Prepararono ognuno un «castello» con quattro
noci: tre a fare da base e una sopra. Poi lanciarono
altre noci per far cadere i castelli degli altri. Ma
anche cosí Aelia continuava spietata a vincere:
la nocetta tonda di Nevio colpiva implacabile
i castelli dei grandoni e la bambina intascava
quattro noci ogni volta.

Furiosi, i due ragazzi vollero provare anche con la tavola. Stavolta per colpire le noci degli altri a terra si lasciava scivolare la propria su una tavoletta inclinata. Tutto inutile: Aelia continuò a vincere, spietata e precisa come Diana, la dea della caccia.

Ormai senza piú noci, incapaci di accettare la sconfitta, i due ragazzi del centro cercarono di portare via ad Aelia tutte le sue noci.

– Daccelo o ti facciamo male! – le gridò in faccia
cattivo uno dei due, mentre l'altro tentava di
strapparle di mano il sacchetto.

La bambina cercò di fare resistenza, ma i due
erano parecchio piú grossi di lei, e sapeva che non
ce l'avrebbe fatta.

Ma improvvisamente quello che cercava di
portarle via il sacchetto gridò: – Ahia! – e mollò la
presa.

Il fatto è che Nevio gli aveva appena rifilato una
bastonata sulla schiena.

– Lasciate stare la nostra amica. Andatevene e
non fatevi piú vedere! – disse il bambino con voce
dura.

I due «stranieri» si guardarono attorno: una
decina di ragazzini, poco piú che bambini, li
circondava. Ognuno di loro aveva in mano un
bastone e tutti avevano l'aria decisa.

I grandoni decisero che gli avversari, anche se

piccoli, erano troppi e non valeva la pena rischiare di prendere qualche bastonata per un sacchetto di noci.

I due scapparono via gridando insulti da lontano.

Rimasti soli, i bambini dell'Alberone buttarono via i bastoni e si avvicinarono ad Aelia.

– Non potevamo permettere che facessero del male a uno di noi, – disse Nevio serio serio.

La bambina gli sorrise, poi rovesciò il sacchetto delle noci vinte e le divise fra i compagni. Poi, tutti contenti, ricominciarono a giocare fra di loro.

LA BIGA DI CAIO

La banda degli amici di Caio si ritrovò sotto la sua *insula* alle tre del pomeriggio. I ragazzini aspettavano a naso all'insú che l'amico si affacciasse da una delle finestre del grande palazzo. Finalmente Caio apparve al terzo piano, guardò di sotto e chiese: – Avete trovato i cavalli?

I compagni in strada fecero segno di sí con la testa.

Caio si precipitò di sotto col suo tesoro in mano: era una biga, un carrettino minuscolo con due sole ruote, che aveva pazientemente costruito nella falegnameria di suo nonno.

I «cavalli» che avrebbero dovuto tirare la sua
biga erano una coppia di topolini, della cattura
dei quali dovevano occuparsi i suoi compagni. Ma
quando si ritrovò con loro, Caio non vide i suoi
cavalli in mano a nessuno.

– Dove sono i topi? – chiese rabbuiandosi.

– Ce ne sono centinaia in un *horreum* qui
vicino, – gli rispose Decio. – È un magazzino di
granaglie e le guardie non passano quasi mai.

Caio sbuffò arrabbiato: – Bisogna sbrigarsi
allora: la corsa delle bighe è fra un paio di ore e,
se vogliamo vincere, dobbiamo trovare dei buoni
cavalli.

La torma di ragazzetti s'infilò di corsa per i vicoli
della città di Roma. Passarono vocianti e festosi,
come una folata di vento, e si fermarono solo
quando furono davanti al magazzino giusto.

Qui improvvisamente si fecero cauti e silenziosi,
controllarono che le guardie che vigilavano

sui magazzini non fossero in vista e poi si
arrampicarono come gatti fino a una finestrella
semiaperta.

Dentro al magazzino c'era uno strano odore di
cibo, ma anche di muffa e di polvere, tutti insieme.
Granaglie erano sparse a terra in mucchi ordinati,
riposte in grandi orci, in giare, in anfore e in sacchi.

Quando i loro occhi si furono abituati alla
penombra dell'*horreum,* i ragazzini si accorsero
dei topi che pasteggiavano un po' dappertutto.
Allora partí la caccia: tutta la banda si gettò
all'inseguimento dei grassi roditori.

Avrebbero dovuto farlo in silenzio, ma non ci
riuscirono: Decio strillava perché si divertiva un
mondo, Terzo invece perché a lui i topi facevano un
po' schifo e Appio, infine, perché era scivolato su
un mucchio di grano e ora gli sembrava di doverci
affondare dentro. Anche i topi che fuggivano di qua
e di là squittivano impazziti.

Quando poi un paio di loro finí addosso alle anfore e ne ruppe tre o quattro, la confusione raggiunse il culmine. Proprio in quel momento le porte del magazzino di granaglie si aprirono e apparvero due guardiani seguiti dai *saccarii*, i facchini che dovevano caricare le navi sul Tevere.

– Che succede qui? – gridò uno dei guardiani.

– Ladri, sono ladri! – strillò l'altro.

I ragazzini, svelti come scoiattoli, se la filarono via attraverso la finestrella dalla quale erano entrati. I due guardiani li inseguirono per un po' lungo la strada, minacciandoli con fruste e bastoni.

Quando finalmente furono in salvo, Caio guardò gli amici disperato. – E i cavalli? Qualcuno ha catturato un paio di cavalli?

Decio gli rispose con un gran sorriso e gli mostrò i due topi che teneva stretti, uno per mano.

Caio si illuminò, poi di colpo si fece pensieroso.

– Ma saranno veloci?

– Non ti preoccupare, amico, – gli rispose Appio.
– Con tutto il grano che c'era là dentro, questi sono
cavalli bene in carne. Correranno come il vento!

Caio pensò che l'amico aveva ragione. Tirò fuori
le cordicelle che aveva preparato per imbrigliare
i due sfortunati topi e, aiutato dagli altri, si mise
ad approntare la sua biga. Di lí a poco avrebbero
sfidato i ragazzini del quartiere vicino. C'erano in
palio cinquanta noci e l'onore: i loro topi avrebbero
dovuto battere quelli che tiravano la biga nemica.

Quando furono finalmente attaccati al carrettino,
Caio li guardò con occhio esperto: erano topi
nervosi e belli grassi. Un paio dei suoi compagni
doveva tener ferma la biga, sennò sarebbero
scappati via come fulmini. Caio sorrise, questa
volta la vittoria era sicura!

LA PARTITA
DI *PULVERULENTUS*

....

Il sole era sorto da poco, ma davanti alla
casa del ricco patrizio Publio Antonio Catone
c'era già una lunga fila di *clientes*. Erano uomini
e donne in attesa che si aprisse la porta di casa
del loro protettore, per rendergli omaggio con il
saluto della mattina. In cambio avrebbero ricevuto
il cibo e il denaro che i servi di Publio Antonio
avevano preparato per ognuno di loro. Publio
Antonio Catone era un personaggio importante,
e la lunghezza della fila dei suoi *clientes* lo
testimoniava. Finalmente il portone della villa
del padrone si aprí, e un servo del ricco patrizio si

affacciò sulla strada. Fece entrare i primi *clientes*
in ordine d'importanza e gli altri restarono fuori in
fila, ad aspettare il proprio turno.

Il tempo passava e la strada continuò ad
affollarsi. Fra gli altri arrivarono anche una decina
di ragazzini con una palla. Era un *harpastum,*
una palla pesante, piena di segatura. Con
quella cominciarono a giocare a *pulverulentus,*
accanto alla fila dei *clientes*. Era un gioco
piuttosto violento, nel quale bisognava strappare
l'*harpastum* dalle mani dell'avversario per andare
a segnare un punto nel proprio campo. I ragazzini
delle due squadre si passavano la palla con le mani
o con i piedi, cercando d'ingannare gli avversari:
fintavano il passaggio a destra e poi scappavano a
sinistra, stringendo forte la palla con entrambe le
braccia. Se un avversario acchiappava il portatore
di palla, i due finivano a terra e partiva una mischia
tremenda: anche gli altri giocatori si buttavano

nel mucchio, cercando di prendere l'*harpastum* in un modo o nell'altro. Talvolta uno dei ragazzini si rialzava pesto e sanguinante.

La gente in fila davanti alla casa del ricco patrono cominciò a protestare per tutta quella confusione e per la polvere che i ragazzi sollevavano. I giocatori li ignorarono e continuarono a passarsi la palla e ad azzuffarsi.

A un tratto l'*harpastum* sfuggí di mano a uno dei giocatori e colpí in pieno uno dei *clientes* che usciva dalla villa di Publio Antonio Catone con una *sportula*, un paniere di vimini, in mano.

– Figli di nessuno, che Giove vi fulmini! – strillò l'uomo, tenendosi una mano sulla spalla colpita.

I ragazzi borbottarono una frase di scusa, ma l'uomo non era ancora soddisfatto.

– Siete stati fortunati. Se aveste colpito la mia *sportula* vi avrei fatto vedere io. I vostri genitori dovrebbero frustarvi di piú!

Un ragazzino corse a recuperare la palla.
Controllò la *sportula* del tipo che avevano
colpito e disse: – Perché si lamenta tanto? La
sportula è intera.

– Non per merito tuo, piccolo delinquente.
Tua madre, quando sei nato, doveva
abbandonarti nel foro, alla Colonna Lattaria.
Quello era il tuo posto!

Stanco di essere insultato, il ragazzino prese
la mira e tirò con forza l'*harpastum* proprio
sulla *sportula* dell'uomo. Si sentí un *crac*, e
l'anfora di vino che il paniere conteneva si
spezzò. Pane e verdure inzuppati di vino si
rovesciarono a terra.

L'uomo sembrò impazzire: estrasse da sotto la
toga un corto coltello e si buttò sulla palla dei
ragazzi facendola a brandelli. La segatura che la
riempiva volava da tutte le parti.

I ragazzi, a quella vista, cominciarono a tirare

sassi a lui e a tutti quelli che stavano in fila. La
gente rispose alle sassate con altre sassate e in
pochi secondi la confusione fu totale.

Dal portone della villa uscirono anche i servi
di Publio Antonio Catone, armati di bastoni per
sedare i disordini.

Su tutto quel trambusto si sentí fortissima
una risata, e tutti si fermarono come per magia.
All'ingresso della villa era apparsa la figura bene
in carne del patrizio romano. Publio Antonio
Catone trovava molto divertente quella mischia fra
ragazzini, *clientes* e servi.

– Bravi, bravi, mi avete fatto ridere. Fa molto
bene ridere alla mattina! – disse il ricco patrizio.

– Scusaci, *dominus*, ma questi malnati mi hanno
rovesciato la tua generosa *sportula* con la loro
palla!

– E tu, Quinto Duccio, gliel'hai affettata come un
cosciotto di agnello, – commentò Publio Antonio.

Poi rise e la risata gli fece ballare la pancia
abbondante.

Siccome la scena della rissa l'aveva divertito,
il patrizio romano dispose che quel giorno tutti
avrebbero avuto una *sportula* piú ricca; che quella

di Quinto Duccio fosse riempita nuovamente,
e che ai ragazzi fosse data una palla nuova per
giocare a *pulverulentus*.

– Viva! Viva il nostro *dominus*! – gridarono tutti
a voce alta. La pace nella strada era tornata come
per magia.

Poi però i ragazzi ripresero a giocare e ad
azzuffarsi, e le proteste dei *clientes* in fila
ricominciarono.

L'INCENDIO

Tito e Amulio giocavano alla guerra per strada. I due bambini si erano costruiti due spade di legno e con quelle si affrontavano in duelli rumorosi.

Tac! Tac!

– Prendi questo, ti uccido, barbaro! – strillava Tito.

Tac! Tac!

– Il barbaro, sei tu, io sono un legionario. Prendi questo, germano maledetto!

Tac! Tac!

Attorno a loro, nelle viuzze affollate del

quartiere della Suburra, c'era un gran viavai di gente e di carri. Più di un carrettiere li minacciò di schiacciarli con le ruote del suo carro se non si fossero tolti di mezzo.

Tito e Amulio, però, non si facevano impressionare troppo da quelle minacce e continuavano a duellare con le spade di legno.

Tac! Tac!

– Io difendo Roma! – strillava Tito.

Tac! Tac!

– Muori, dannato germano. Io sono un grande centurione!

Tac! Tac! Tac! Tac!

A un tratto però qualcosa riuscí a distrarre i due bambini. Nella strada c'era gente che correva e gridava: – Al fuoco! Al fuoco!

Tito e Amulio si fermarono di colpo e guardarono in alto. Nelle *insulae*, i grandi palazzi dove abitavano, gli incendi scoppiavano quasi

sempre agli ultimi piani, costruiti con tanto legno
per non pesare troppo sull'edificio.

Da una delle *insulae* si alzava infatti una colonna
già consistente di fumo, e c'erano fiamme che
uscivano da una finestra dell'ultimo piano.

Non era uno spettacolo cosí raro: bastava
che una lucerna si rovesciasse e che una tenda
prendesse fuoco, perché decine di palazzi
andassero in fiamme.

Nella Suburra poi, le case erano addossate le une alle altre e l'incendio poteva essere ancora piú devastante.

I due bambini guardarono preoccupati le fiamme, il fumo e le proprie case in fondo alla via. Si sarebbero salvate o l'incendio avrebbe raggiunto anche quelle?

Mentre dalle porte dei palazzi minacciati sciamavano via uomini, donne e bambini, nella strada si fece avanti un carro rosso tirato da cavalli. Numerosi uomini che indossavano tuniche tutte uguali precedevano e seguivano il carro.

– I vigili, i vigili! – gridò una voce. – Fate largo!

I vigili del fuoco arrivarono con il carro a pochi passi dal palazzo in fiamme. Scaricarono in fretta seghe, asce, scale, corde e parecchi *centones*, coperte bagnate con l'aceto che servivano a soffocare il fuoco. Una parte dei vigili organizzò velocemente un passamano di secchi pieni d'acqua,

mentre altri di loro, i *sifonari*, mettevano in azione
una pompa che inviava acqua a una manichetta
di cuoio. Alcuni dei vigili entrarono nel palazzo
e salirono fino ai piani in fiamme per vedere se
dentro c'era ancora qualcuno. Uno dei vigili scese
portando in braccio un bambino che tossiva.

Il lavoro della numerosa squadra durò solo
un paio di ore, perché quello che avevano visto
Tito e Amulio era solo un principio di incendio,
e per fortuna i vigili erano riusciti a intervenire
in tempo. Alla fine solo l'ultimo piano del grande
palazzo era stato distrutto. Alcune famiglie
avevano perso la propria casa, ma questo era nulla
rispetto a ciò che sarebbe potuto succedere.

I due bambini, un po' in disparte, avevano
seguito l'intera scena con grande interesse.
Erano pieni di ammirazione per quegli uomini
competenti e coraggiosi che avevano spento un
incendio pericoloso e salvato le loro case.

Mentre il carro rosso si allontanava, i due amici tornarono in strada. Avevano ancora le spade di legno in mano, ma nessuno dei due aveva piú voglia di usarle.

– Io da grande farò il vigile del fuoco! – esclamò Tito.

Amulio annuí serio serio. – Anche io, dannato germano. Anche io...

IL CERCHIO
DI FANNIA

A Fannia avevano regalato un *orbis*, un meraviglioso cerchio di bronzo. La bambina correva lungo le strade spingendolo avanti con una bacchetta, anche questa di bronzo. Il cerchio rimbalzava sulle pietre irregolari della strada facendo una gran confusione.

La bambina canticchiava tutta allegra rincorrendo il suo cerchio e, dedicando al giocattolo tutta la sua attenzione, ne riservava molto poca a quello che le succedeva attorno.

Per questo non si accorse che la strada che aveva imboccato, quella che scendeva giú al

Circo Massimo, era di momento in momento piú affollata. Solo quando il cerchio le sfuggí per via della discesa ripida, la bambina si bloccò stupita.

Il suo cerchio di bronzo correva e rimbalzava, sempre piú veloce, in mezzo a un gran numero di persone, uomini, donne e bambini, che andavano verso il Circo.

Fannia sperava che il suo giocattolo, ormai senza guida, cadesse a terra. Ma il cerchio sembrava vivere di vita propria e non cadde: saltò, si sbilanciò e poi si raddrizzò. In un paio di occasioni cambiò direzione quasi volesse evitare i numerosi passanti. Alla fine si andò a infilare nel muro del pubblico che si assiepava sulle gradinate del Circo Massimo per assistere a chissà quale spettacolo.

La bambina, disperata, si gettò in mezzo alla folla cercando di recuperare il suo giocattolo. Spinse, s'infilò tra spalle e fianchi di gente che protestava, finché riuscí a conquistare un piccolo

spazio in mezzo a quella calca. Lí si bloccò di colpo, perché quell'immensa folla scoppiò in un grido, un'ovazione piena di entusiasmo.

Fannia, tra un gomito e l'altro dei suoi vicini, vide che i soldati di una legione entravano marciando inquadrati nella pista del Circo Massimo. Alla testa della legione in marcia, subito dopo le insegne dell'aquila, veniva un cocchio tirato da due cavalli. A condurlo era un *auriga*, e sul cocchio c'erano un uomo con una divisa sfavillante e uno schiavo dietro che gli reggeva una coroncina d'alloro sulla testa.

Anche una bambina come lei riusciva a capire benissimo che quello era un personaggio importante, il condottiero della legione. Fannia vide che le labbra dello schiavo si muovevano: sembrava che l'uomo stesse parlando al grande condottiero. In effetti era proprio cosí. Lei non lo poteva certo sentire, ma lo schiavo aveva il

compito di ripetere al generale vincitore sempre
le stesse parole: «Ricordati che sei solo un uomo!».

La bambina, a quel punto, avrebbe voluto
tornare indietro lasciando lí il suo amato cerchio
di bronzo, perché temeva di essere schiacciata da
quella ressa festante. Ma la folla glielo impediva.
Fu costretta ad attendere la fine del corteo: vide
passare legionari a piedi e a cavallo; vide la lunga
fila dei prigionieri in catene; vide i numerosissimi
carri carichi d'oro che costituivano il bottino di
guerra. Una banda di buccine e tamburi suonò
per tutto il tempo, e le note squillanti riempivano
l'aria.

Finalmente la legione in trionfo uscí dal Circo
Massimo per andare verso la Via Sacra e infine al
tempio di Giove Capitolino, sul Campidoglio. La
gente sugli spalti cominciò a sfollare, e la piccola
Fannia fu di nuovo libera di muoversi.

Pensava di aver ormai perso il suo bel giocattolo

di bronzo, ma in quel momento le si avvicinò un
bambino con il cerchio in mano.

– È tuo, – disse il piccolo, – ho visto quando ti è
rotolato via e l'ho raccolto. Ti stavo cercando...

Il sollievo fu tale che la bambina quasi si mise a
piangere.

– Come ti chiami? – gli chiese riprendendo il suo
cerchio.

– Rufo, – rispose il piccolo.

– Grazie, Rufo, grazie di cuore. Vuoi giocare con
me?

A Rufo si illuminarono gli occhi, e un attimo
dopo i due bambini correvano insieme dietro al
cerchio di bronzo che rotolava rumoroso sui sassi
piatti delle vie di Roma.

LE GRANDI
LUCERTOLE

···

Primo e Numerio erano grandi cacciatori
di lucertole. Si divertivano da matti a perlustrare
i giardini, i campi e le strade di Roma cercando
piccoli rettili. Ogni volta che vedevano una
lucertola, partiva la caccia: la inseguivano con
sassi e bastoni, ed erano poche le povere bestie
che riuscivano a sottrarsi alla mira e alla tenacia
dei due piccoli cacciatori.

Quando andavano a caccia, tutti i territori erano
buoni, ma i due amici facevano particolarmente
attenzione ai muri sui quali batteva il sole:
lí c'erano sempre prede che stavano ferme a

scaldarsi o andavano a caccia di insetti. Uno dei
loro posti preferiti era un muro lunghissimo e alto
che chiudeva da un lato il Circo Flaminio, vicino
al fiume Tevere. Là Primo e Numerio avevano solo
l'imbarazzo della scelta: c'erano decine e decine di
lucertole attaccate alla parete con gli artigli delle
loro zampette.

Quel giorno, quando arrivarono al Circo
Flaminio, Primo si avvicinò silenziosamente,
pronto con il bastone in mano, mentre Numerio
mise un sasso nella sua fionda e si preparò a
lanciarlo.

Sul muro c'erano diverse lucertole in vista.
Primo ne scelse una vicina a lui, verde brillante,
che gli sembrava enorme, mentre Numerio ne
puntò un'altra un po' piú lontana. L'attacco doveva
avvenire simultaneamente, perché la confusione
avrebbe messo in fuga le altre lucertole. I due
bambini scattarono quasi nello stesso momento:

Primo colpí col bastone e Numerio scagliò un sasso con la sua fionda.

Sul muro la popolazione delle lucertole scomparve in un attimo. A terra restarono soltanto una coda tagliata che si dimenava e una lucertola morta.

– Bravi! – disse una vocetta vicino a loro. – E che ci vuole ad ammazzare una lucertola? Provate un po' a prendervela con i loro genitori, se ne avete il coraggio!

A parlare era stato un ragazzetto della loro età, che prima non avevano notato. Primo e Numerio lo guardarono male.

– Che vuoi dire? – lo aggredí Numerio. – Che non siamo coraggiosi?

Poi mise un sasso nella fionda, come se volesse tirarglielo addosso.

– No, no, fermo. Non tirare! – disse l'altro alzando le mani per proteggersi. – Il fatto è che io li ho

visti: sono lucertole giganti, piú lunghe di un
cavallo, e fanno davvero paura!

Primo e Numerio si misero a ridere. Non
avevano mai visto lucertole piú lunghe di una
spanna e nemmeno per un attimo credettero allo
sconosciuto.

– Mi chiamo Marco. Venite con me, ve li faccio
vedere! – disse il ragazzo e s'infilò in un'apertura
nella grande muraglia.

Primo e Numerio smisero di ridere. Quel tipo
aveva parlato serio serio, e forse nelle sue parole
c'era qualcosa di vero.

Gli corsero dietro e scoprirono che il ragazzino
conosceva il Circo Flaminio come le sue tasche.
Andarono su e giú per scale e corridoi, senza
incontrare mai nessuno dei guardiani.

Il piccolo Marco ogni tanto si fermava a
controllare la situazione e poi faceva segno agli
altri di seguirlo. Giunsero cosí in un deposito dove

erano state lasciate un gran numero di casse di
legno lunghe e strette.

– I genitori delle lucertole sono lí dentro, – disse
Marco. – Fate attenzione...

Primo e Numerio si avvicinarono titubanti a una
delle casse e guardarono fra le robuste doghe di
legno. Si trovarono davanti agli occhi cattivi di un
grosso animale verde come le loro lucertole, ma
lungo piú di un cavallo. L'animale si mosse nella

cassa facendo un gran rumore, spalancò l'enorme
bocca e batté i denti, cercando di aggredirli.

Primo e Numerio caddero a terra spaventati,
poi si rialzarono e fuggirono via senza voltarsi
indietro. Se quelli erano i genitori delle lucertole,
allora non sarebbero mai più andati a caccia con
fionda e bastone.

Marco li seguí camminando piano piano e
ridendo. Lui era il figlio di uno dei guardiani del
Circo Flaminio e sapeva bene che quegli animali
non erano lucertole.

Si chiamavano coccodrilli e vivevano in Africa,
lungo un fiume. Il giorno dopo l'arena del Circo
sarebbe stata allagata, e al pubblico dei Romani
sarebbe stato offerto un grande spettacolo: la lotta
dei gladiatori contro i coccodrilli.

Fischiettando tutto allegro, il bambino tornò
fuori per vedere se c'era qualche altro cacciatore di
lucertole da spaventare.

LA MONETA

....

Una decina di monelli, maschi e femmine, giocava sulla via Appia facendo una gran confusione. I ragazzini giocavano con una palla leggera, di quelle piene di piume.

Epidio Floriano, il falegname, lavorava nella sua bottega un po' infastidito e un po' divertito da quell'allegro vociare. A un tratto però decise che era giunta l'ora di farsi sentire. Cosí prese in mano una lunga tavoletta di legno e uscí fuori. In realtà non voleva picchiare nessuno, avrebbe usato la tavoletta solo per minacciare i bambini e allontanarli. Ma quando fu fuori restò senza parole:

non c'era neppure un bambino in vista. Nemmeno
uno. Il falegname rientrò scuotendo la testa,
pensando di aver sognato.

In realtà Epidio Floriano non aveva affatto
sognato: i bambini c'erano. Anzi, erano ancora
lí e stavano ancora giocando. Solo che si erano
nascosti tutti perché avevano cambiato gioco.

Avevano incollato a terra, su una pietra della
strada, un *asse*, una monetina di poco valore, con
la pece di betulla che Manlio si era procurato nella
bottega del calzolaio che stava nella sua *insula*.

I bambini aspettavano nascosti che qualche
passante si accorgesse della monetina e cercasse
di raccoglierla. Per questo Epidio Floriano non li
sentiva piú.

Non dovettero aspettare molto: lungo la strada
veniva una donna con una conca di bronzo in
testa. Era stata alla fontana a prendere l'acqua
e ora tornava a casa. La donna vide la monetina

e si fermò. Si tolse la pesante conca dal capo
e l'appoggiò a terra. Poi si chinò a prendere la
monetina, ma questa non si lasciava afferrare e
restava saldamente attaccata alla strada. La donna
cercò di staccarla dalla pietra una, due, tre volte,
poi i bambini non ce la fecero piú e si misero a
ridere forte.

La donna a quel punto capí che era uno scherzo, arrossí, si rimise la conca sulla testa e ripartí tutta arrabbiata, gridando minacce contro i ragazzini.

Dopo di lei toccò a un contadino che stava portando un paio di polli al mercato per venderli. Anche lui si fermò e cercò di staccare in tutti i modi l'*asse* dalla pietra a cui era incollato. Ma la pece di betulla del calzolaio faceva ottima presa, e neppure il contadino ebbe successo. A premiare i suoi sforzi ci fu soltanto la sferzante risata di scherno dei bambini, che uscirono dai propri nascondigli, fecero le boccacce al poveretto e poi scapparono via come conigli. Il contadino, rosso in volto, riprese i suoi polli e si allontanò.

Epidio Floriano, il falegname, richiamato nuovamente fuori dalle risate dei bambini, aveva visto la scena e aveva capito tutto. Decise cosí che avrebbe giocato lui uno scherzo ai bambini.

Prima che passasse qualcun altro, avanzò sulla

strada e fece l'atto di raccogliere la monetina.
La colla non gli permise nemmeno di muoverla,
ed Epidio Floriano sentí dietro di sé le prime
risatine soffocate dei monelli. Allora tolse di tasca
una sgorbia di metallo, uno dei suoi attrezzi da
falegname, e lavorando con pazienza staccò da
terra l'intera pietra piatta sulla quale era stata
incollata la moneta. Poi con la grossa pietra sotto il
braccio tornò tranquillamente indietro.

– Ehi, quella moneta è mia! – strillò uno dei
bambini.

Ma Epidio Floriano rientrò nella sua bottega
senza neppure rispondergli.

I monelli si guardarono un attimo perplessi,
indecisi su cosa fare. Poi si allontanarono. Lí c'era
gente troppo furba per fare giochi divertenti.
Meglio trovare un altro posto.

IL GIOCO DELLA
MOSCA DI BRONZO

....

I bambini fecero la conta, e fare la mosca di bronzo toccò a Camillo.

Il bambino fu bendato da uno dei compagni, e poi tutti insieme lo fecero girare e girare, cosí bendato, perché perdesse l'orientamento.

Mentre girava sballottato da venti mani, Camillo gridava a squarciagola:

– Ora vado a caccia della mosca di bronzo! Vado a caccia della mosca di bronzo!

A un tratto i compagni lo lasciarono e si allontanarono ridendo. Il gioco era incominciato.

Camillo si gettò in avanti con le mani protese,

cercando di sorprendere una «mosca di bronzo» distratta, ma nessuno era lí e lui afferrò solo l'aria.

I suoi amici gli giravano attorno e lo colpivano con cordicelle di cuoio. Colpivano e scappavano.

Non colpivano per fare davvero male, ma solo per gioco, per prendere in giro il cercatore. Per sfidarlo, intanto che colpivano con la cordicella, i bambini gridavano: – La mosca la cercherai, ma non la prenderai!

E in effetti Camillo saltava di qua e di là senza riuscire a catturare nessuno. A un tratto afferrò una delle cordicelle di cuoio e tirò con forza per far avvicinare il compagno che l'aveva appena colpito. Ma quello mollò la cordicella e Camillo riuscí appena a sfiorare la tunica dell'altro.

– La mosca la cercherai, ma non la prenderai! La mosca la cercherai, ma non la prenderai!...

Il ritornello cominciava a innervosirlo e aveva una gran voglia di togliersi la benda, ma non lo fece perché gli altri si sarebbero arrabbiati e avrebbero detto che lui non stava alle regole del gioco.

Cosí si costrinse a fare un altro paio di tentativi ancora bendato.

Prese ancora alcune leggere frustate senza riuscire ad acchiappare la sua mosca di bronzo, poi cambiò strategia. Una cordicella lo colpí a sinistra e lui scattò veloce verso destra. Cosí facendo, sorprese un paio di altri giocatori che si stavano avvicinando e quasi ne catturò uno.

Poi arrivò un colpo da dietro e Camillo scattò in avanti come una molla. La stoffa di una tunica gli restò fra le mani e a quella si aggrappò come un disperato.

– Preso! Ora sei tu la mosca di bronzo! – strillò il bambino togliendosi la benda.

Ma quando vide chi aveva catturato restò senza parole: davanti a lui c'era un uomo che indossava una tunica di seta, ornata da una lunga striscia di stoffa rosso porpora.

Camillo aveva catturato un senatore!

Il bambino lasciò subito la presa e con gli occhi cercò una via di fuga. I suoi compagni erano già scappati e osservavano la scena da lontano.

Ma il senatore lo prese per un braccio e gli
impedí di scappare. – Come ti chiami, ragazzo? –
chiese l'uomo serio serio.

– Camillo, – rispose il bambino con un filo di
voce.

– Bene, Camillo. Mi dispiace, ma non posso
giocare con te perché devo partecipare a
un'importante riunione in senato. Però tu mi hai
catturato e meriti un premio.

Cosí dicendo, il senatore mise in mano al
bambino una moneta e se ne andò.

Camillo restò incredulo a guardare il *sesterzio*
che teneva in mano, poi corse veloce verso i
compagni gridando di gioia. Avrebbe mostrato
loro il suo tesoro, e poi sarebbero andati insieme
a comprare pane col miele e dolcetti ripieni di
datteri e fichi.

IL PROCESSO

Settimio Severo non aveva che dieci anni, ma l'unico gioco al quale partecipava volentieri era quello dei giudici. Una decina di bambini con i quali giocava di solito si organizzava definendo i ruoli da interpretare.

– Io faccio il difensore! – strillava uno.

– Io faccio l'accusatore! – gridava un altro.

– Io porto il fascio!

– Io faccio la guardia!

– Io faccio il giudice! – proclamava deciso Settimio, e non c'era verso di fargli cambiare idea.

Non c'era mai nessuno, però, che si offrisse di fare

l'imputato. Allora era necessaria una partita a *navia aut capita* per stabilire di chi fosse quella parte.

Settimio, che era l'unico che aveva un ruolo già definito, prendeva un *asse* di piombo e lo lanciava in aria. La moneta aveva su una faccia l'immagine della testa di Giano Bifronte e sull'altra due navi. Intanto che la monetina volava, un compagno doveva dichiarare se sarebbero venute fuori le navi o le due teste del dio Giano: *navia aut capita*. Il primo che sbagliava faceva l'imputato nel processo.

Quella volta toccò a Manio, che cominciò subito a lamentarsi. Ma siccome giocavano nell'atrio della bella casa di Settimio, Manio dovette fare buon viso a cattiva sorte, per non essere messo alla porta.

Il gioco cominciò con una processione: i littori, le temibili guardie, precedevano il giudice portando sulle spalle i fasci e le scuri.

In realtà, nel gioco, quattro compagni precedevano Settimio Severo armati di scope e cucchiai di legno presi in cucina. Settimio avrebbe voluto avere almeno dodici littori davanti a sé, come i re antichi, ma i compagni erano troppo pochi. Una volta giunta fra le colonne dell'atrio, la processione si fermò.

Settimio si sedette su una poltroncina di legno che usava di solito suo padre e ordinò che entrasse l'imputato.

Manio venne avanti con l'aria mogia e le mani legate da una cordicella di cuoio.

– Di che cosa sei accusato? Parla! – gli ordinò Settimio con durezza.

Solo in quel momento i bambini si accorsero che si erano dimenticati di inventare un'accusa per il compagno. I due avvocati si guardarono un momento meravigliati: nessuno sapeva che cosa dire. Rimediò a tutto Settimio Severo, che di quei processi aveva ormai una grande esperienza.

– Io lo so. Sei accusato di aver rubato fichi dall'albero che cresce vicino alla fontana!

– Giusto, – strillò l'avvocato accusatore, – chiedo la pena di morte!

– Morte! Morte! – strillarono i littori brandendo scope e cucchiai.

– Mi oppongo! – gridò l'avvocato difensore con quanto fiato aveva in gola. – Chi ha visto Manio che prendeva i fichi? Ci sono testimoni?

– Io l'ho visto! – strillò uno dei littori.

– Anch'io! – dichiarò un altro.

– Cosa?! Ma se a me i fichi non piacciono! – fece Manio storcendo il naso.

Settimio Severo, per non farsi sfuggire il processo di mano, si alzò in piedi e disse:

– Basta, i fatti sono già piuttosto chiari. L'avvocato della difesa vuole dire qualcosa?

– Sí, giudice. Voglio dire che vicino alla fontana c'è un albero di fichi, ma fa solo fichi vecchi e marci. Se il povero Manio ne avesse davvero preso qualcuno avrebbe fatto solo un favore al contadino. E poi guardatelo... Vi pare che Manio abbia la faccia del colpevole? Non ha forse un aspetto peggiore lui, oppure lui? – e cosí dicendo il difensore indicò due dei quattro littori.

Questi spalancarono gli occhi e poi si misero a ridere.

– Anche tu non sei granché, Decio, – commentò l'avvocato dell'accusa.

Temendo che stesse per partire una zuffa,

Settimio Severo pronunciò il suo inappellabile giudizio: – Viste le prove e sentiti gli avvocati, dichiaro l'imputato colpevole di furto di fichi...

– Bravo, bene! – gridò l'avvocato accusatore.

– ... ma dichiaro colpevoli anche l'avvocato dell'accusa e quello della difesa, nonché tutti i miei littori...

– Come sarebbe? – protestò l'avvocato dell'accusa. – Io mi oppongo!

– ... e condanno tutti a mangiare un piatto di fichi dolci già pronti nella cucina!

– Viva Settimio! – gridarono tutti, precipitandosi all'interno della villa.

Solo Manio non si affrettò: si tolse la cordicella dai polsi e poi si diresse verso la cucina scuotendo il capo.

– A me non piacciono i fichi. L'ho già detto.

L'AQUILONE
E IL ROCCHETTO

Lucio e Prisca avevano la stessa età e vivevano nella stessa strada. A parte questo non avevano altro in comune, se non che non si sopportavano. E non è che ci fosse un motivo preciso. Non avevano mai litigato. Anzi, i due bambini non si erano neanche mai parlati.

Ma, a Prisca, Lucio sembrava uno sbruffone insensibile, mentre, a Lucio, Prisca pareva una bambina noiosa e con la puzza sotto il naso.

Cosí i due si passavano vicini senza salutarsi mai e, se in un gruppetto di bambini c'era Lucio che giocava, Prisca se ne andava via. La stessa cosa faceva Lucio, se Prisca era arrivata prima di lui. Un giorno però le cose cambiarono e di molto.

Quel giorno la madre aveva regalato a Prisca un rocchetto, un giocattolo che anche lei aveva avuto da bambina. Era un semplice cilindretto di legno con attaccato un lungo filo avvolto intorno. Se si lanciava con forza verso il basso, trattenendo un capo del filo, il rocchetto di legno risaliva, dopo che il filo si era srotolato del tutto.

Prisca lo trovò subito molto divertente e si allenò parecchio. Alla fine della mattina, con una piccola spinta, riusciva a far risalire il rocchetto fino alla sua mano.

Dopo pranzo la bambina uscí per strada col rocchetto: voleva far vedere alle sue amiche il nuovo giocattolo. Ma a un tratto qualcosa la distrasse dai suoi propositi. In cielo volava un aquilone. Era una figuretta rossa che volava altissima sulle case. Ogni tanto piegava a destra e

a sinistra, quindi disegnava un otto nel cielo e poi
si rimetteva al centro, orgogliosamente contro il
vento.

Prisca seguí il filo dell'aquilone e si avvicinò.
Voleva vedere chi lo maneggiava cosí abilmente.

Quando vide che si trattava di Lucio, spalancò
gli occhi meravigliata. Stavolta però non se ne
andò, perché quel gioco dell'aquilone le piaceva
parecchio. Si appoggiò a un muro e restò a
guardare le evoluzioni del giocattolo di stoffa di
Lucio. Quasi senza pensarci, cominciò a lanciare
verso il basso il suo rocchetto che, come per magia,
risaliva il filo.

E Lucio, prima ancora di scorgere lei, vide il
rocchetto. Quando si accorse che era Prisca a
manovrarlo, il bambino si meravigliò: non avrebbe
mai pensato che fosse cosí brava.

– Mi fai provare? – chiese Lucio indicando il
rocchetto.

– Solo se mi fai tenere l'aquilone, – rispose Prisca.

Il bambino le passò il filo dicendo: – Io mi chiamo Lucio.

– Lo so, – rispose la bambina consegnandogli il rocchetto, – io sono Prisca.

– Lo so, – fece lui, e tutti e due si misero a ridere.

Passarono il pomeriggio insieme, spiegandosi a vicenda trucchi e segreti dei rispettivi giocattoli. Quando verso sera si salutarono, Prisca sapeva tutto sugli aquiloni e Lucio era ormai un mago col rocchetto.

E soprattutto i due bambini erano diventati amici.

A CAVALLO
DELLE CANNE

Il foro si stava svuotando perché al mercato la maggior parte della gente ormai aveva fatto i suoi acquisti, quando cominciò, del tutto inatteso, un violento scontro fra due diverse cavallerie.

I mercanti, a quella vista, invece di spaventarsi e affrettarsi a chiudere le botteghe, osservarono ridacchiando le sorti di quell'infuocata battaglia. Non avevano paura di perdere né la vita né i loro averi, perché i cavalieri che combattevano davanti ai loro occhi erano due bande di ragazzini che cavalcavano delle canne.

La banda dei verdi a un tratto batté in ritirata,

e la banda dei rossi si gettò all'inseguimento. I
ragazzini uscirono dal foro e attraversarono le
vie di Roma. Gridavano come matti, un po' per la
battaglia e un po' per spronare le loro cavalcature,
guadagnandosi cosí parecchi urlacci e qualche
minaccia da parte dei passanti. Pareva che nulla
potesse fermare quella carica scatenata ma,
quando giunsero al Tevere, i cavalieri di canne
si fermarono di colpo: in mezzo al fiume c'era
una quantità di operai che lavorava a una grossa
costruzione.

Incuriositi, i ragazzini parcheggiarono le canne
sulla riva del fiume e corsero sul ponte di legno
che univa l'Isola Tiberina alla riva sinistra. Lí c'era
già un sacco di sfaccendati che guardavano gli
schiavi e gli operai al lavoro.

Questi, sotto la guida di un paio di ingegneri,
avevano posato una grande cassa quadrata con
una parete doppia di legno in mezzo al fiume,

ancorandola sul fondo. Lavorando su grandi
zattere, ora gli schiavi stavano riempiendo lo
spazio fra le due pareti di legno con argilla e alghe
ben pressate.

– Che stanno facendo? Che succede ora? – chiese
Fausto, uno dei cavalieri di canne, a un uomo
appoggiato al parapetto di legno.

– Stanno costruendo il pilone di un ponte di
pietra. Questo di legno verrà distrutto, – rispose
l'uomo.

– E quella cassa a che serve?

– Quella è una cassaforma: la svuotano
dall'acqua con le pompe e poi lavorano all'asciutto.
Lí dentro costruiscono il pilone principale del
ponte.

– Forte! – fece Fausto ammirato.

I cavalieri di canne restarono un bel po'
a guardare gli uomini che lavoravano alla
costruzione del ponte di pietra, poi si stancarono

e corsero a riprendere le proprie cavalcature.
Avrebbero voluto ricominciare la loro battaglia
a cavallo, ma prima che riuscissero a montare in
sella, un urlo li raggiunse. Era un grido pieno d'ira,
e in effetti c'era un uomo che si avvicinava di corsa
agitando minacciosamente un bastone.

– Il contadino! – strillò Fausto, che lo riconobbe per primo. – Scappiamo!

I ragazzini abbandonarono le canne e fuggirono via come fulmini. Avevano i loro buoni motivi per farlo: infatti avevano portato via le canne dall'orto di quel contadino, che ora li aveva trovati. Era sicuramente meglio scappare che fermarsi a dare spiegazioni a un uomo inferocito e armato di bastone.

Mentre la banda dei ragazzini scompariva fra le viuzze della città, il contadino raccolse le sue canne, una a una, e ritornò al suo orto.

IL GIOCO DEI DODICI SCRITTORI

······································

È facile: tiri i dadi e poi sposti le tue pedine sulle lettere, – spiegò Aulo a Mamerco.

– Bene, proviamo, – disse l'amico, che non conosceva il gioco.

Sul tavolino di marmo che avevano davanti c'erano due parole, una sopra l'altra, scritte a grandi lettere: LVDANT ROMANI.

Quelle dodici lettere, che formavano le due parole, erano il campo di gioco, le caselle sulle quali ogni giocatore doveva muovere le sue quindici pedine.

Mamerco tirò i due dadi di terracotta e segnò un

bel dodici, con due sei che facevano bella mostra di
sé sulla faccia in vista dei due cubetti.

– Ehi, che fortuna! – esclamò Aulo. – Chi fa un sei
doppio muove le sue pedine e poi può ritirare.

– Come si muovono le pedine? – chiese Mamerco.

– Puoi muoverne una di dodici lettere oppure due
di sei, una per dado.

Mamerco scelse di muovere una sola pedina
bianca per dodici lettere e la posò sulla I di
«ROMANI». Poi tirò di nuovo i dadi e fece ancora
dodici.

– Ehi, che fortuna! – commentò Aulo ridendo. – La
fortuna dei principianti.

Mamerco spostò una seconda pedina bianca che
andò a fare compagnia alla prima sull'ultima lettera
del gioco. Poi tirò il dado e fece dodici per la terza
volta di seguito.

– Ancora dodici?! – si stupí Aulo. – Ma ci sono
solo sei in quei dadi?

Mentre il compagno di gioco esaminava perplesso
i due dadi, Mamerco spostò una terza pedina bianca
di dodici posti, dicendo: – È facile questo gioco.

Tirò ancora i dadi e fece altri tre dodici di fila.
Aulo ora guardava incredulo il gioco e l'amico.

– Ma tu sei un mago, Mamerco... – fece Aulo con la voce alterata dalla meraviglia e dal nervoso.

Mamerco rise. – È solo un po' di fortuna.

Finalmente, al settimo lancio dei dadi, fece solo undici. La sua settima pedina si fermò sulla N.

Aulo tirò un sospiro di sollievo e poi prese in mano i dadi, perché era venuto finalmente il suo turno.

Lanciò e fece tre, quasi il risultato peggiore che ci fosse. Spostò una pedina nera sulla lettera D della parola «LVDANT» e poi consegnò i dadi all'amico.

Mamerco segnò altri tre dodici di fila. L'ultima casella, quella della I era affollatissima di pedine bianche.

Mentre si apprestava a tirare i dadi per l'undicesima volta, Mamerco chiese: – Ma come finisce questo gioco? Chi vince?

– Vince chi porta tutte le sue pedine fuori dalle

lettere, – rispose Aulo di malumore. Non aveva mai giocato una partita cosí.

Cinque minuti piú tardi, sul tavolo di marmo non c'erano piú pedine bianche: il gioco era finito.

– Facile questo gioco, – disse Mamerco tutto allegro. – Facciamo un'altra partita?

– No di certo! – gli rispose l'amico. – Con te non giocherò mai piú a un gioco dove bisogna lanciare i dadi.

Poi, senza salutarlo, si allontanò di malumore.

NELLA CATACOMBA

In un prato vicino alla via Appia, fuori dalle mura della città di Roma, tre bambini giocavano a *follis* con una palla leggera, piena di aria. Facevano rimbalzare la palla sulle braccia e con le mani, con grande impegno e buona coordinazione.

Decio era piú grande delle sue amiche, Annia e Livilla, e faceva un po' lo sbruffone: dava dei gran colpi alla palla, si gettava per terra per prenderla anche quando non era necessario, spiegava alle amiche il gioco... Insomma, faceva un po' di scena.

Annia e Livilla ridevano per le pagliacciate dell'amico e si lanciavano fra di loro occhiatine

maliziose che volevano dire: «Guarda come sono
sciocchini i maschi!».

A un tratto Annia alzò troppo la palla sopra la
testa di Decio e questi dovette correre all'indietro
per raggiungerla. Non si accontentò di prendere la
palla, ma la colpí fortissimo con un avambraccio.
Voleva dimostrare alle amiche quanto fosse abile
e forte, ma il gioco non gli riuscí per niente bene.
Essendo sbilanciato il colpo risultò sí forte, ma di
striscio, e l'effetto fu che la palla volò all'indietro,
ancora piú lontana, fino a sparire in mezzo all'erba
alta.

– Vado a prenderla! – gridò Decio, e partí di
corsa.

Cercò in mezzo all'erba, alle canne e ai cespugli,
ma non trovò la sua palla da *follis*. Poi si accorse
che c'era un'apertura nel terreno: una bocca nera
tagliata nel tufo.

Il bambino capí subito che la palla era finita

proprio lí dentro. Si avvicinò e notò che nella roccia tenera era stata intagliata anche una scala. Decio scese prudentemente qualche gradino e vide che in basso la scala finiva in un corridoio buio e lungo. Proprio all'inizio del corridoio c'era la sua palla.

Il bambino scese i gradini e la recuperò. Prima di risalire, però, si guardò attorno: il corridoio spariva nel buio, ma Decio poté vedere bene che c'erano dei loculi intagliati nelle pareti. Era finito in una catacomba, un cimitero sotterraneo che forse non era piú adoperato da cento anni.

Lui era un piccolo romano e non aveva paura né del buio né dei fantasmi, cosí gli venne in mente di fare uno scherzo alle sue amiche. Risalí veloce la scala e si mise a gridare: – Annia, Livilla, aiuto! – Poi scese di corsa e si nascose nella penombra, dietro la prima curva del corridoio.

Le due bambine giunsero in soccorso dell'amico,

videro la scala di tufo e scesero a loro volta nella catacomba.

– Decio! Dove sei? – gridò Livilla all'inizio del corridoio.

Il bambino, divertito da quel gioco, non rispose: voleva vedere che cosa avrebbero fatto le sue amiche. Era sicuro che sarebbero corse via, che avrebbero avuto paura del buio e di quel posto.

Ma Annia e Livilla erano bambine coraggiose e vennero avanti lungo il corridoio, continuando a chiamarlo. Per non farsi trovare subito, Decio fu costretto a addentrarsi nella catacomba. Girò un angolo e poi un altro, e la penombra diventò oscurità e poi buio completo.

Tutto soddisfatto, si preparò a effettuare un balzo per spaventare le sue compagne di giochi: sarebbe uscito dal suo nascondiglio ululando come gli dei degli Inferi. Annia e Livilla avrebbero ricordato quello scherzo per un pezzo!

Le due bambine, però, improvvisamente si
girarono e tornarono alla scala: avevano deciso di
andare a cercare aiuto. Decio non se ne accorse
subito. Quando finalmente capí che le sue amiche
non sarebbero venute a cercarlo fin lí, si decise a
tornare indietro. Girò un paio di angoli, convinto
di ritrovare facilmente il corridoio che portava
alla scala, ma non fu cosí. Tornò indietro e provò
da un'altra parte, ma l'uscita non era neanche lí.
Fece un altro paio di tentativi, prima di capire
che si era perso nel labirinto di corridoi della
catacomba.

– Aiuto! Aiuto! – cominciò a gridare il bambino
che, per la prima volta, sentiva la mano gelida
della paura.

Nessuna voce gli rispose, ma di colpo vicino a
lui si accese una fiammella. Decio sbarrò gli occhi
terrorizzato, convinto di trovarsi di fronte a uno
degli dei degli Inferi.

– Che fai qui, ragazzino, ti sei perso? – disse una
voce.

E non era la voce di un dio, ma quella di un
uomo: era il guardiano del cimitero, che non era
affatto abbandonato.

Decio, quando ritrovò la voce, spiegò all'uomo
della palla e dello scherzo alle amiche, e quello si
mise a ridere. Si chiamava Sallustio e anche a lui
piaceva fare scherzi.

– Qui ci si perde facilmente, seguimi, – disse
al bambino. Poi infilò una ventina di corridoi,
uno dopo l'altro. L'uscita era molto piú vicina del
percorso che stavano facendo, ma Sallustio voleva
che Decio credesse di essere finito nell'Ade.

Quando finalmente la scala di tufo ricomparve
in fondo al corridoio, il bambino quasi pianse di
sollievo. In cima alla scala c'erano Annia, Livilla e
il papà di quest'ultima, che era giunto in soccorso.

Sallustio, il custode della catacomba, prima di

rientrare disse al bambino: – È stato un piacere conoscerti, Decio. Torna pure a trovarmi quando vuoi.

Poi scese le scale e scomparve.

Decio guardò l'ingresso della catacomba, poi disse alle amiche: – Forse è meglio se andiamo a giocare da un'altra parte.

ALLE TERME

....

Crispo era stato presentato nel foro da suo padre ed era ormai un adulto. Quel giorno, perciò, decise di andare alle terme, per la prima volta da solo.

Le terme erano state fatte costruire da Diocleziano ed erano enormi. L'avevano sempre colpito, fin da bambino. Lui era figlio di un patrizio romano e la sua casa non era certo come le *insulae*, i palazzoni dove viveva la plebe, ma le terme di Diocleziano erano stupefacenti per enormità e ricchezza. Pagò un *conio*, una monetina da niente, ed entrò in quella che gli sembrava una città dentro la città.

Gli sembrò strano che quel giorno non ci fosse
suo padre con lui, ma allo stesso tempo si sentiva
piú libero di fare ciò che piú gli piaceva.

Cosí bighellonò un po' nei giardini racchiusi
nel grande recinto delle terme. Passò davanti a
una delle biblioteche e salutò un paio di persone
che conoscevano la sua famiglia. Stette un po'
ad ascoltare un poeta che declamava versi a una
piccola folla e poi decise che era giunta l'ora di
entrare nelle terme vere e proprie.

Andò nello spogliatoio e si tolse la tunica e il
perizoma. Quindi entrò in una delle palestre: suo
padre lo aveva abituato a fare un po' di ginnastica
prima di immergersi in acqua. In palestra
naturalmente c'erano solo uomini, perché le donne
avevano un orario d'ingresso diverso. C'era gente
che lottava, gente che giocava con la palla, gente
che praticava la corsa. Lui prese un paio di pesi e
si esercitò a sollevarli.

Non ci volle molto perché il sudore ricoprisse
il suo corpo. Cosí lasciò i pesi, si deterse il sudore
con uno strigile di bronzo ed entrò nel *calidarium*,
la grande vasca dell'acqua calda. La piscina era
piena di bagnanti, ma c'era ancora posto. Crispo
s'immerse in quell'acqua caldissima, resistendo
alla tentazione di uscire subito: il suo corpo si
sarebbe abituato in poco tempo. Infatti dopo
qualche minuto cominciò a trovare gradevole
l'acqua calda. Sapeva che era mantenuta a quella
temperatura da grandi forni che scaldavano l'aria
che circolava nelle gallerie sotto la piscina, e
questo l'aveva sempre fatto ridere: gli sembrava
di essere in un'enorme pentola sul fuoco, e che
un gigante stesse cucinando lui e tutti gli altri
bagnanti per la sua cena.

Restò lí solo una quindicina di minuti, poi uscí
dall'acqua del *calidarium*, ma solo per andare a
immergersi in quella tiepida del *tepidarium*.

Anche in questa seconda piscina non restò piú di un quarto d'ora, quindi uscí dall'acqua tiepida per entrare nell'acqua fredda del *frigidarium*.

Immergersi in quest'ultima piscina era ancora piú difficile: la temperatura dell'acqua era cosí bassa che toglieva il fiato. Anche qui il corpo aveva bisogno di qualche minuto per adattarsi al rigore di quel bagno gelato.

C'era gente che restava in quel gelo anche per un'ora, ma Crispo non se la sentiva. Abbandonò il *frigidarium* per tornare verso gli spogliatoi. Passò davanti alle stanzette dei massaggiatori, ma non si fermò, perché non ci teneva particolarmente a farsi spalmare sul corpo olio di mandorla e a farsi tartassare schiena, collo, gambe. Lui era ancora giovane e non ne aveva bisogno dei massaggi: a queste cose avrebbe pensato da vecchio.

Recuperò perizoma e tunica, e ritornò all'aperto. Prima di uscire dal recinto delle terme, Crispo comprò in una bottega un dolcetto fatto con il miele e le noci. Suo padre non mancava mai di comprarglielo e ora Crispo poteva farlo da solo. Poi fu fuori, nella confusione e nel continuo traffico di carri delle strade di Roma.

Essere bambino in quella grande città era stato bello, ma forse viverci come adulto lo sarebbe stato ancora di piú.

BATTAGLIA
NAVALE

....

Curio guardava incredulo le grandi
navi triremi che, attraverso un canale scavato
appositamente, lasciavano il fiume Tevere e
andavano a gettare l'ancora nel bacino che
Augusto aveva fatto preparare. Era un piccolo lago,
sulla riva destra del Tevere, che prima non c'era.
L'imperatore aveva ordinato anche la costruzione
dell'acquedotto dell'Aqua Alsietina, che in soli
quindici giorni aveva riempito il bacino vuoto con
l'acqua necessaria a far galleggiare le grandi navi.

Curio pensava che fosse una cosa fantastica
e non stava nella pelle all'idea che suo padre

l'avrebbe portato al grande spettacolo che si stava
preparando lí: una *naumachia*, una battaglia
navale. Suo nonno aveva assistito a quella che
aveva messo in scena Cesare molti anni prima, e
ne parlava con entusiasmo, come del piú grande
spettacolo del mondo.

Curio guardava le navi che si succedevano l'una
all'altra e le contava: una, due, tre... trenta!

«Com'è possibile che riescano a manovrare
tante navi in uno spazio cosí piccolo?» pensava il
ragazzo senza trovare risposta.

Intanto le navi si assiepavano nel bacino,
che aveva al centro un pontile di legno per gli
ormeggi. Il ragazzo guardò ancora un po' e poi
tornò a casa: non sapeva darsi una risposta, ma
bastava aspettare un paio di giorni e i suoi dubbi
sarebbero stati risolti.

Quando venne il giorno dell'inaugurazione
del tempio di Marte Vendicatore, Curio e suo

padre scesero in strada per andare ad assistere alla *naumachia*. Questa avrebbe rappresentato la battaglia di Salamina, fra Greci e Persiani.

Non erano i soli: un fiume di persone si dirigeva verso il bacino artificiale fatto scavare dall'imperatore Augusto. Per assistere al grande spettacolo, era arrivata gente anche dalle province vicine: un'occasione del genere capitava di rado.

Curio e il padre fecero fatica a trovare un posto sulle tribune costruite lungo gli argini, tanta era la folla. Qua e là scoppiarono tumulti e i pretoriani, la temibile polizia di Augusto, intervennero con decisione per riportare la calma.

Poi finalmente una banda di buccine diede il via alla battaglia navale e lo scontro ebbe inizio. Le navi stavano quasi ferme, perché avevano davvero poco spazio di manovra, ma i combattimenti furono lo stesso violentissimi: erano scontri corpo a corpo fra i due eserciti nemici.

All'inizio Curio trovò lo spettacolo fantastico ed
emozionante, poi però si accorse che quella era
una vera battaglia, che il sangue versato arrossava
l'acqua del laghetto artificiale e che i combattenti
morivano davvero.

Il padre vide il suo sgomento e cercò di
consolarlo: – Non ti preoccupare, Curio, quelli
che combattono sono solo schiavi, prigionieri
di guerra. Di loro non importa niente a nessuno,
sono come cose. E poi quelli che resteranno
in vita alla fine della battaglia saranno liberati
dall'imperatore.

Curio ascoltava il padre, ma non riusciva
ad appassionarsi allo spettacolo della morte,
anche se sull'acqua. Assistette all'incendio e
all'affondamento di una nave e poi fu troppo per
lui: le urla disperate dei feriti e lo strepito delle
armi gli diventarono insopportabili. Chiese al
padre il permesso di tornare a casa e lasciò il

suo posto sulle gradinate. Si fece largo in una
fitta calca di persone che invece assistevano allo
scontro tifando a gran voce per l'una o per l'altra
parte, come se quella fosse solo una partita di
pulverulentus fra due squadre di giocatori che si
contendevano una palla.

Allontanandosi dal bacino, Curio un po' si
vergognava. «Forse non sono abbastanza romano

per assistere a giochi di morte come questi»,
pensava il ragazzo.

Comunque fosse, non avrebbe mai piú assistito
a una *naumachia*, e neppure sarebbe mai andato al
circo a vedere i gladiatori lottare.

Schiavi o no, a lui sembrava che il sangue di
quegli uomini fosse come il suo, e che la loro vita
non dovesse valere meno della sua. No, niente
spade e niente guerra: lui avrebbe servito Roma
in un altro modo. Magari sarebbe diventato un
avvocato, o magari un giudice. O forse anche un
poeta. Ma la violenza no, non era davvero per lui.

LA CORSA
DEI CARRI

Fabio era un ragazzo molto fortunato. Suo
padre era infatti un bravissimo allevatore di
cavalli che lavorava per un ricco patrizio della
fazione azzurra. Lui si dava da fare ad aiutarlo per
imparare il mestiere: accudiva i cavalli, li strigliava,
teneva pulite le stalle... Per questo spesso poteva
assistere agli allenamenti, ma anche alle corse
delle bighe nei vari circhi che erano stati costruiti
a Roma.

Il suo preferito era naturalmente il Circo
Massimo. Non ce n'era un altro cosí grande e cosí
bello. Quando, il giorno delle gare, il pretore dava

il segnale e le dodici bighe scattavano dai *carceres*
di partenza, l'urlo della folla era cosí forte da
mettere i brividi.

Fabio aveva anche imparato ad attaccare i cavalli
alle bighe: due andavano aggiogati al centro,
mentre gli altri due erano legati solo da corregge
di cuoio. Sapeva farlo molto bene ma, il giorno
delle gare, suo padre eseguiva quel compito in
prima persona: non si poteva sbagliare nulla,
perché la vita dell'*auriga*, il conduttore del carro,
poteva dipendere anche da una cinghia tirata
male.

Comunque, per le feste in onore del dio Marte,
quella volta suo padre gli diede un compito
speciale.

– Sei abbastanza grande, Fabio, – gli disse, – per
prendere sulle tue spalle un po' della mia fatica.
Questa notte farai la guardia alla stalla.

Il ragazzo accolse la notizia con grande

emozione: fare la guardia alla stalla voleva dire
vigilare affinché gli avversari non avvelenassero i
cavalli per impedirgli di correre il giorno dopo. Era
una cosa estremamente scorretta e veniva punita
molto duramente dai giudici romani. Ma c'era
anche chi scommetteva somme enormi sulle corse
delle bighe e voleva vincere a tutti i costi, seppure
con l'inganno.

Per questo il padre lo chiuse nella stalla con i
cavalli e gli raccomandò di non aprire a nessuno
fino al mattino, quando lui sarebbe tornato.

Fabio si sistemò sulla paglia, vicino ai cavalli.
Gli animali lo conoscevano e non avevano paura
di lui. Era indeciso, non sapeva se dormire oppure
no. La natura però decise per lui: dopo un paio
d'ore di veglia le sue palpebre si fecero pesanti
e il ragazzo si addormentò. A notte fonda però
fu svegliato da un rumore: qualcuno cercava di
aprire il portone della stalla. Fabio era spaventato

e non sapeva che fare. Cercò di nascondersi come meglio poteva fra la paglia, in mezzo ai cavalli che scalpitavano nervosi. Ma il portone resse e nessuno entrò. Da una finestrella, però, qualcuno lanciò dentro una decina di mele: erano mele piccole e dolci che ai cavalli piacevano parecchio. Infatti Vento, un cavallo baio, ne addentò una e l'ingoiò.

Fabio capí al volo che cosa stava succedendo e in pochi secondi fece sparire le altre mele, sicuro che contenessero chissà quale veleno. Infatti Vento, dopo appena mezz'ora, cominciò a muovere la testa in modo strano e poi si accasciò sulla paglia.

Ogni tanto si addormentava, ma quello non era un sonno normale: si vedeva che il cavallo non stava bene.

Fabio temeva che il giorno dopo il padre lo avrebbe rimproverato aspramente. Invece l'uomo gli fece un sacco di complimenti, perché era riuscito a sventare la manovra truffaldina degli avversari.

– Sei stato bravo, figlio. Vento si riprenderà. Oggi lo possiamo sostituire con un altro cavallo. Se tu non fossi stato abbastanza svelto, ora tutti i nostri animali sarebbero avvelenati.

Poi il padre preparò la biga che sarebbe stata usata per la corsa. Assicurò Lampo alla correggia di sinistra, perché quello era il suo cavallo piú intelligente e bravo: toccava a lui guidare gli altri nelle curve intorno alla spina, la lunga banchina al centro dell'arena del Circo Massimo.

L'*auriga* che venne a prendere il carro si chiamava Scorpo. Era uno schiavo giovane, piccolo e leggero, come tutti gli altri conduttori di bighe. Si legò le redini attorno al corpo e guidò il carro fino alla partenza.

Fabio aspettava con ansia l'inizio della corsa.

Al segnale, i carri scattarono in avanti e tutti
capirono subito che c'era qualcosa che non
andava. Solo i carri della fazione bianca e quello
di Scorpo filavano veloci sulla sabbia della pista.
Le altre bighe parevano trainate da animali
stanchi o malati. La fazione verde si ritirò con tutti
i suoi carri al primo giro, mentre la fazione rossa

aspettò il secondo per uscire di scena. Sulla pista restarono solo quattro bighe. Quando l'addetto abbassò il delfino di bronzo che segnava il quinto giro, uno degli aurighi della fazione bianca cadde dal carro e fu trascinato dai cavalli per parecchi metri. Riuscí però a tagliare le redini con il coltello ricurvo che tutti gli aurighi avevano con sé e si salvò.

Al sesto delfino di bronzo, era ancora davanti un carro della fazione bianca, ma al settimo Lampo affrontò una curva a sinistra in maniera magistrale e si tirò dietro la biga di Scorpo. Questi si trovò improvvisamente in testa e, resistendo al ritorno degli avversari, vinse la gara.

Scorpo e la biga azzurra furono portati in trionfo. Fabio era al settimo cielo: un pezzetto di quella straordinaria vittoria era sicuramente merito suo.

LA TROTTOLA

Flora era una bambina speciale: alle bambole preferiva le trottole. Certo, anche lei aveva la sua *pupa* e ogni tanto con le amiche giocava a dare feste, o a cucinare, o a fare le brave mamme. Piú spesso però usciva con la cordicella e la trottola di legno che le aveva costruito suo nonno, e andava a sfidare Orazio e i suoi amici. La banda dei ragazzini si radunava nei pressi del Foro Boario, il mercato del bestiame, e fra di loro c'erano dei veri campioni di lancio della trottola.

Vinicio, ad esempio, riusciva a farla girare perfino su una mano o sulle ginocchia. Attio invece le imprimeva una forza tale che la sua trottola pareva non doversi mai fermare.

Flora non era cosí brava, comunque era riuscita a farsi accettare dal gruppo e partecipava alle sfide con i compagni di gioco.

Quel giorno si giocava a lanciare la trottola con grande precisione: il giocattolo doveva atterrare su un'unica grande pietra della pavimentazione stradale e girare lí sopra, senza uscirne fuori.

Orazio in questo particolare gioco era bravissimo e al primo lancio quasi riuscí nell'impresa. La sua trottola atterrò perfettamente sul bersaglio e per quasi tutto il tempo vi piroettò sopra. Quando però la spinta della corda cominciò a non essere piú sufficiente, la trottola barcollò e scivolò fuori dalla pietra. Vinicio scagliò la sua trottola con grande forza e questa girò per lungo tempo, però completamente fuori bersaglio. Prima che toccasse a Flora, sbagliarono anche Attio e

altri due amici. La bambina arrotolò con cura la
cordicella attorno alla parte bassa della trottola,
fino a raggiungere, giro dopo giro, la zona piú
panciuta del giocattolo.

Poi, mentre si apprestava a prendere la mira,
successe qualcosa. Una donna gridò: – Aiuto! Al
ladro! Fermatelo! – e la gente cominciò ad agitarsi
guardandosi attorno. Flora vide un ragazzo che
stava arrivando di corsa proprio dalla loro parte,
inseguito da un uomo della milizia cittadina,
e capí che quello era il ladro. Senza pensarci
troppo srotolò veloce la cordicella e lanciò la sua
trottola proprio fra i piedi del ladruncolo che
fuggiva. Questi, sfortunatamente per lui, posò un
piede proprio sopra la trottola di Flora e cadde
rovinosamente. La sua corsa si interruppe quanto
bastava per permettere al milite che lo inseguiva
di raggiungerlo.

Il ladruncolo fu arrestato e la refurtiva

recuperata. Flora raccolse la sua trottola e tornò dagli amici. Orazio, guardandola con occhi pieni di ammirazione, le disse che quello era stato il piú bel lancio di trottola che avesse mai visto e che sicuramente la gara l'aveva vinta lei.

GLI ASTRAGALI

Febe lanciò in alto gli astragali. Le cinque piccole ossa ricaddero verso terra e la bambina cercò di intercettarle col dorso della mano destra, mandandole a cadere sul palmo della sinistra aperta. Ne catturò tre su cinque e le sue compagne di giochi gridarono un «brava!» pieno di ammirazione. Febe raccolse da terra gli ossicini caduti e ripeté l'operazione. Prendere al volo due astragali per lei fu davvero fin troppo facile. Stava per passare a un'altra fase del gioco, quando si fece avanti una bambina che nessuno conosceva.

– Come ti chiami? – le chiese Febe.

La sconosciuta si chiamava Clelia.

– Sai giocare con gli astragali?

La bambina aprí una mano e mostrò cinque fantastici astragali di bronzo.

– Oooh!!! – fecero tutte le bambine, stupite.

– Vuoi fare una gara con me? – le chiese ancora Febe assai impressionata.

Clelia voleva giocare e cosí fra le due bambine incominciò una incredibile partita.

Clelia lanciò i suoi astragali di bronzo e, svelta come un fulmine, ne raccolse ben quattro col dorso della destra, spedendoli ad atterrare sulla mano sinistra.

Era un colpo da autentica campionessa, e Febe sgranò gli occhi colpita. Avendo però una reputazione da difendere nella cerchia delle sue amiche, non si perse d'animo. Lanciò i suoi astragali e gli ossicini, che una volta facevano parte della zampa di una pecora, di un cane o di

una mucca, volarono senza disperdersi. Questo
permise alla bambina di eseguire un gran colpo e
catturare a sua volta quattro ossicini, pareggiando
l'impresa dell'avversaria. Le sue compagne
gridarono di gioia e l'acclamarono: – Febe! Febe!
Febe!

Le due concorrenti passarono quindi alla
seconda fase del gioco. Clelia sistemò quattro dei
suoi astragali di bronzo a terra, molto vicini. Poi
lanciò in aria il quinto e, velocissima, raccolse
quelli a terra, per riprendere poi al volo quello che
ricadeva.

Febe con i suoi astragali di osso fece la stessa
cosa e le riuscí a meraviglia. La bambina era molto
fiera di sé e anche un po' meravigliata di come le
cose le riuscissero facili in quel giorno.

Nella terza fase del gioco bisognava lanciare in
aria un ossicino e girare gli altri quattro in modo
che mostrassero la stessa faccia. Era una manovra

piuttosto difficile, ma riuscí benissimo a entrambe
le giocatrici.

Anche la quarta e ultima fase, il «pozzo», fu per
entrambe un successo: mentre il quinto astragalo

volava, le bambine riuscirono a spedire le altre
pedine del gioco nel piccolo pozzo creato unendo
a cerchio il pollice e l'indice della mano sinistra.

Al termine della gara, le bambine che avevano
assistito battevano le mani e gridavano: – Brava,
Febe! Brava, Clelia! Brave! Brave!

Febe e Clelia si guardarono rosse in volto,
emozionate e soddisfatte.

– Torni domani? – chiese Febe alla sua nuova
amica.

– Certo che torno, – rispose Clelia. Poi abbracciò
Febe, fece un cenno di saluto alle altre e si
allontanò.

TITO
E IL CARRETTIERE

T ito giocava con gli astragali assieme ai suoi compagni. Giocavano lanciando le cinque piccole ossa come fossero dadi. Avevano attribuito un valore alle quattro diverse facce degli astragali e segnavano i punti che ottenevano a ogni lancio.

Giocavano una partita fino ai cinque lanci e in palio avevano messo un sacchetto di noci. Tito quel giorno giocava contro Appio, un bambino per niente simpatico che era solito vantarsi della ricchezza di suo padre, un oste che possedeva una *taberna* dove si mangiava e si beveva bene.

Tito nei primi lanci fu sfortunato: con il primo

totalizzò solo sette punti, perché ben due astragali mostrarono la faccia che valeva zero. Appio lanciò invece due tre, due due e un solo zero, totalizzando ben dieci punti.

Il secondo tiro non fu meglio del primo e Tito si ritrovò sotto di parecchio, a rincorrere l'avversario. Al terzo turno le cose andarono un po' meglio, Tito pareggiò il lancio di Appio, ma la sua situazione era ancora piuttosto difficile. Il quarto lancio fu il peggiore in assoluto: Appio realizzò un fantastico dodici che lo portò ad avere un vantaggio praticamente incolmabile, ben quattordici punti su Tito. Gli bastava realizzare due soli punti con l'ultimo tiro e la vittoria sarebbe stata sua.

Gli amici che assistevano alla partita davano già Tito per spacciato, quando Appio fece un lancio incredibile: zero assoluto. Niente punti, neanche uno! I cinque astragali mostravano tutti la stessa faccia, quella che non valeva nulla.

A quel punto a Tito tornò la speranza nel cuore. Lanciò le sue piccole ossa, ma per l'emozione effettuò il tiro con troppa energia e le piccole ossa rotolarono al centro della strada. Lí c'era un carro tirato da due cavalli che stava per sopraggiungere. Tito, senza pensarci troppo, corse a mettersi in mezzo e il carrettiere bloccò il carro.

Era un tiro fantastico: tutti tre, ovvero quindici punti, ovvero uno in piú del suo avversario. Tito pregò l'uomo di attendere un attimo, giusto il tempo che serviva per consentire agli altri di controllare il risultato del lancio. Quello però si mise a gridare: – Togliti, sgorbio, che ti passo sopra! – e fece l'atto di frustare i cavalli.

Il bambino, senza farsi spaventare, si sdraiò risolutamente in mezzo alla strada, davanti al carro.

– Passa se vuoi davvero schiacciarmi. Io non me ne vado! – gridò.

Il carrettiere, sorpreso, restò lí a bocca aperta, non sapendo che fare. Mentre il carrettiere titubava, i compagni di Tito ebbero il tempo di controllare il punteggio dei suoi astragali e dichiararlo vincitore. Il bambino allora recuperò i suoi giocattoli e si tolse dalla strada, inseguito dagli insulti dell'uomo sul carro.

Tito non lo sentí neppure. L'unica cosa che gli importava era che aveva vinto e che il sacchetto di noci era suo.

IL GIOCO
DEI LADRUNCOLI

S e vi fosse capitato di passeggiare nel
foro di Roma antica, o alle terme, o in cento altri
posti dove la gente si radunava per passare un
po' di tempo, vi sarebbe sicuramente capitato di
imbattervi in un tavolino di marmo con sopra una
scacchiera con sessantaquattro caselle bianche e
nere. Quei tavolini erano lí per chiunque volesse
giocare al *Ludus Latruncolorum*, il Gioco dei
Ladruncoli.

Era un gioco di strategia: sulle caselle si
scontravano due eserciti di pedine bianche e
nere. I due giocatori muovevano le loro pedine

in verticale e in orizzontale sulla scacchiera,
per quante caselle volevano, cercando di
intrappolare le pedine avversarie. Vinceva
naturalmente chi riusciva a catturare tutte le
pedine nemiche. Era una vera e propria battaglia
in miniatura, e tutti i Romani erano accaniti
giocatori di quel gioco.

Il giocatore piú forte del quartiere della
Suburra era un ragazzino di dodici anni che si
chiamava Caio. Aveva battuto con facilità tutti
i suoi coetanei, poi i ragazzi piú grandi e infine
anche gli adulti. La sua fama si era sparsa per il
quartiere a tal punto che un giorno si presentò
perfino un tribuno, un ufficiale dell'esercito
romano, che amava particolarmente quel gioco.

Questi era incuriosito dalla grande abilità di
Caio come stratega e aveva deciso di venire a
verificarla di persona.

Quando gli propose una sfida, Caio non

si emozionò troppo davanti all'importante personaggio e accettò di buon grado.

La partita iniziò con un paio di facili catture per il tribuno. Caio parve subito in grande difficoltà e destinato alla sconfitta.

Il comandante militare ridacchiava con aria di superiorità, sicuro di vincere. Ma improvvisamente il vento cambiò. Con poche mosse Caio pareggiò le catture dell'avversario, per chiuderlo poi in un angolo della scacchiera, eliminando spietatamente le sue pedine una dopo l'altra.

Il cavaliere, rosso in volto per l'ira, ammise la sconfitta e si allontanò. Si sarebbe sicuramente arrabbiato molto meno, se avesse saputo che il ragazzino che l'aveva battuto sarebbe diventato, da adulto, uno dei piú grandi condottieri di tutti i tempi: Caio Giulio Cesare.

INDICE

Piccole STORIE di ROMA antica

Einaudi Ragazzi

storie & rime

Pubblicazioni piú recenti

Finito di stampare nel mese di giugno 2016
per conto delle Edizioni EL
presso G. Canale & C. S.p.A., Borgaro Torinese (To)